KB033505

봄날이 어랑어랑 오기는 하나요

홍경희

시인의 말

문장들은 덜그럭거리고, 어긋난
행간은 쉬 바로잡히지 않습니다

말을 줄이는 방식이
어렵다는 것을 다시 깨닫습니다

사람과 사람 사이 간격을
좁히고 싶은
내 사사로운 몸짓에
詩는 응답해 줄까요

그대가 돌아오기를 기다리며
달빛을 켜 두는
겨울밤입니다

2020년 12월
홍경희

봄날이 어랑어랑 오기는 하나요

차례

2부 기대 없이 꽃은 피고 약속 없이 꽃은 지고

3부 슬픔이 어김없이 괴어들었을

1부

밑바닥 무겁지 않은

영혼이 없다지만

침을 맞으며

몸이 마음보다 더 정직한 법이다
비우라 그 가벼운 말이 무겁게 내려앉아서
한방침 어깨 위에다 한 달째 꽂고 있다

포기도 욕심의 또 다른 포장일 뿐
덤덤하게 살아가자 하다가도
뒤끝이 물러질 때마다
시비 휘말리듯 꽃몸살을 앓는다

몸보다 마음이 결릴 때는
어느 혈자리에 침을 맞아야 하나

어느 아침의 문장들

쉰넷 생일 아침에
안면 없는 당신의 유고시를 만난다

하루치의 알약을 삼키고
하늘에 매달리려는 기대와
사람에 기대려는 문장의 실밥들을
한 올씩 풀어 헤치며 남겨 놓은 시편들

나와는 슬픔을 해명하는 방식이 다른
당신의 유언을 읽으며
매듭짓지 못한 문장을 많이 가진 나는
조금 무서워진다

쓸쓸한 독백을 선물로 받는 생일이
한 번쯤 있어도 상관없겠지

문득, 고쳐 쓰고 싶은
그러나 끝내 바뀔 수 없을 것만 같은

나, 라는 문장들이 떠오른다

가끔 울음은 뻣뻣하게 경직된 어깨를
풀어 주는 처방이 되기도 한다

점 보는 여자

당신의 입을 빌려 굳이 듣지 않아도
예감할 수 있는 내일의 운세

길하거나 흉한 일도 점점 무덤덤해지는
나이가 되어서도
나는 왜 점괘를 받아 보고 싶은 것일까

남자로 태어났어야 할 사주
여자 몸으로 짊어지느라
깊은 잠은 잘 수 없는 날들이라 했다
그래도 쉰다섯 넘기면
맑은 날 웃으면서 맞이할 거라고 했다

점괘가 일러 준 삼 년이 지나는 동안
몰라서 손을 쓸 수가 없고
알아도 피할 수 없는 액운들이 더 많아

다시는 점집 마당 밟는 일이 없을 것 같다가도

오늘 또 나는 귀를 세우고 있다

낡고 닳아 버린 좁은 길 따라 찾아올
귀인이 한 사람쯤 남아 있기라도 한 듯이

나와 나

백일장 시제처럼
나를 쓰라 한다
슬픔이나 외로움 같은 진부한 상투어는 버리고
담담하게 써 보라 한다

"너를 잘 알아."
"내가 너를 몰라?"

당신들이 잘 알고 있다 하는 나를
나는 모르고 그 모르는 나를
은근하게까지 써 보라 한다

막다른 길인 줄 알면서도 끝까지 걸어가고 싶고
해서는 안 되는 일이라면 한번은 해 보고 싶고
익숙한 것들과 잠시 거리를 둬도
사는 일에 지장이 없는지 확인하고 싶을 때

당신들은 어떤 방식으로 나를 아는가

당신들 눈에 비친 나에 대해서
A4 반 장 정도로 요약해 주면 안 될까

그도 아니라면 내 몸속에 똬리를 틀어
버티고 있는 어둠을
몰아낼 수 있는 묘책이라도
귀띔해 주면 안 될까

나는 누구일까
당신들이 잘 안다는 나는 또 누구일까

바늘엉겅퀴

숨이 멎을 듯한 순간 서너 번 있었다

과하게 뱉는 말도 병이라는 것 알았다

내 심장 열어서라도 보여 주고 싶은 그 흉터

내 몸에 다녀간 손님

당분간 춥지 않겠다, 안심하다 떠오른 당신

밑바닥 무겁지 않은 영혼이 없다지만 왜 나를 당신 편이라고 여겼을까, 연고 없이

켜켜이 내려 쌓인 볕살 위에 서 있어도 속속 스며드는 속수무책 냉기 앞에 두툼한 체온이라도 빌리고 싶던 나날들, 잔기침에도 튀어나온 석촉들이 겨냥하는데도 뒤죽박죽 한가운데 막음 시늉도 못 한 채 누군가 앉은 자리라도 옮겨 주기를 바라다가 만 배를 올리고도 더 붉어진 서러움을 두고두고 갚아야 할 빚처럼 안고 사는 동안 근원이 당신이었음을 알아채지 못했다

균열이 생길 때마다 눈물조차 마르고도 밤마다 퉁퉁 부은 얼굴이 당신이었음을 소소한 인연에 얽힌 고통이 었음을 몰랐다

어느 날 우연하게 몸과 입이 바뀌었을 때 들판에서 얼어 죽었다는, 아무도 거둬 주지 않은 당신의 머리채보

다 짧은 중얼거림이 깊어서 결빙된 한탄 소리에 귀 기울여 준 것만으로도 두 몸을 묶어 두던 결박이 풀리는 동안 높낮이 낯선 물소리가 발밑에서 움찔거렸다

한 영혼 그리 착하게 내 몸을 비운 이후 봄소식 모을 때마다 안부가 궁금해지는,

내 몸에 나도 모르게 다녀간 이 있었다

매화

잊어라, 어제까지
깡그리 잊는 거야

한파 속에 새철 든 날
뜬금없이 나를 불러

삼세번 다짐을 받는,
붉은 종기 짜내는

밤비 봄비

그 누가 재즈풍으로 봄비를 듣자 했나 무릎을 톡톡 툭툭 즉흥적으로 튕겨내자 정말로 말이 씨가 된 귀신같이 톡, 톡, 톡 차창 문에 변주를 맞추는 빗방울들 금세 올챙이 떼처럼 달라붙어 달린다 달린다 흩어지며 떨어지며 달린다 과속방지턱 넘어가며 허밍이 비틀린 순간 모세혈관 통과하며 내 몸속을 또 달린다 자정 넘어 메마른 바닥에 도착했다는 새순 같은 재채기 잇따라 자꾸 터진다 스웨터 올을 풀어 푸른 힘줄 다시 새긴 시詩를 기다리는 일도 이미 시들해져 버린 내가 봄비를 부른다고 이른 봄비 내린다고 봄날이 어랑어랑 오기는 하나 서둘러 밤비를 봄비로 불러 놓은 사람들은 자동차에서 내리자마자 제 집으로 돌아가고 마지막 내 몸속에 남은 채 내리지 않는 비 어떻게 하나 뒤편에 두고 온 것들 흠뻑 젖어 가고 돌아가 우산을 씌워 줄 수 없는 나는 어떻게 하나

상련 相憐

　신호등 잠시 잠깐 붉게 걸린 봄날 오후 염병, 씨발 놈
아, 지랄, 꺼지라고! 허공에 맞부딪치는 욕 난데없이 튀
었어

　두꺼운 겨울 외투 어둑한 적막이라
　헝클어진 머리카락 찢겨진 깃털이라
　생각은 솎아내지도 자르지도 못하는 바람이라

　빛살을 꼬고 꼬아서 말갛게 치장한 봄이
　스물댓 젊은 여자는 팔팔한 욕 같았을까
　청춘이 불쑥 덮친 사고 같아 두려웠을까

　아무도 시시비비 대거리조차 못 했어 혼자 겨냥하
고 맞선 오리무중 싸움이었거든 화근을 뽑기 위해서
용쓰는 소리 같았어 화들짝 벚꽃잎들만 그녀를 쫓아
갔어 난처한 교차로를 우루루루 지나갔어

　어쩌면 살 깊은 가시,

삼켰을까 뱉었을까

봄볕이 무거워

샛바람 문득 깨어 헤적이는 새벽 귀갓길
일 뭉치 울툭불툭 편두통 더해지다
불현듯 동쪽이란 말, 헛것처럼 흘립니다

새잎 돋은 방향에서 서성이는 나의 동쪽은
잔칫상 차림 후에 뒷설거지 수북 밀려
잊힌 봄 등 뒤에 붙인, 위태위태한 쉼표입니다

목련꽃 벙글어져 희맑은 어제거나
찔레꽃 흰 눈빛에 닿지 않는 오늘이거나
툭하면 질척한 이유, 마주치기는 싫어서

짐짓, 멀리 돌아 단잠을 모셔 왔건만
앞 뒤 옆 생각들은 먹감으로 물들어서

기어이 끌어당깁니다
밑천 같은 빗줄기

오래된 독백

제 몸도 제 새끼도 품어 안지 못하면서
먹구름층 받든 이유, 도저히 알 수 없는 날들
혼자는 어디에서도 견뎌낼 것 같았다

외진 마을 구석방에 뒤도 없이 숨어들어
모난 돌도 새봄에는 무른 속 생길 것 같아
벚나무 빈 가지들만 막무가내 처다봤다

비가 오지 않아도 눅눅하게 젖는 날 많아
직박구리 흘린 소리 야유처럼 들러붙다가
가끔은 진눈깨비가 욕설처럼 스쳐 가는 동안

안으로 창문 걸고 아침저녁 기대어서
꽃 필 날 기다렸다, 두동진 삶 끝낼 듯이
방구석 이불속까지 환해질 거라 생각했다

기대하는 순간만은 비시시 꽃이 퍼서
모두가 영문 몰라 한눈파는 사이에

불행도 안녕하기를,

젖은 몸 말려 주고 싶었다

이름을 바꿔 주고 싶었다

잎은 무성해도 꽃떨이 하는 포도덩굴 아래
외톨이로 엎드린 문장 한 줄 덥석, 물고 나갔다가
나흘 만에 꼬리 말고 돌아온 녀석

덫 이빨에 물려 절뚝거리는 발목과
듬성듬성 빠진 털 사이 할퀴어진 비명들은
덕지덕지 검은 풀씨로 달라붙어 있다

대문 없는 마당에 꽃이 피고 질 때조차
부재중이었던 주인의 무관심을
탓하지는 않는다
짖는 법을 잊어버린 제 탓도 하지 않는다

그저 순하게 엎드려서 살살거릴 뿐이다
본아, 근본아,
버릴 수도 없는 제 이름이
불릴 때마다 핥아댈 뿐이다

그때마다 왜 또

내 속에 품고 사는 힘겨운 짐승 한 마리는

붉고 하얗게 제 이름도 불린 듯이

텅 빈 눈으로 돌아보는 걸까

햇살의 무게

숲속 공터 버려진 소파 위에
햇살 조명 한줄기 비추고 있다

누군가의 생이 지나간 무대
마지막 관객이 되어
잠시 그 앞에 멈추어 서자

거미줄조차 걷지 않은 채
삼나무 그림자가 긴 몸을 구부려 눕는다
그 곁에 개망초도 나란히 누워 따뜻해지고 싶은지
몸을 뒤척거린다

서로의 얼굴을 보았던 날로부터
십 년 훨씬 더 지나오는 동안
체온을 나누었던 기억조차 희미해져 버린
거실의 소파가 떠오르고
저 따스한 햇살을 나눠 가질 수는 없는 것인지
나도 슬쩍 앉아 보는 것이다

이 숲을 옮겨 배경으로 삼으면
거실도 다시 푸르러질까
따뜻해질까

훔쳐 갈 수 있을지
햇살의 무게도 재 보는 것이다

폐사지의 오후

번민은 뿌리 없는 숲입니다
안개가 짙어 나무들도 숨쉬기 어려운 날

현무암 돌 속에 깃들어 앉고서도
고요일체인 부도의 탑신을 쓰다듬다 보면

절 구경 한번 해 본 적이 없었으면서
비구니가 되고 싶다는 소망을 품고 살았던
열네 살 소녀가 다가옵니다

백팔 배 조아리다 천 배 삼천 배
기어코 만 배까지 올리던 사흘 낮과 밤
무릎이 무너진 채 건넜던 그 여름

이마에 찬 수건을 얹어 씻어냈던 울음도
계곡을 따라 물소리로 흘러갑니다

이제 와서 소원은 크거나 깊지 않아서

촛불 앞에서도 일렁거리지만
그래도 다시 켜 놓고 싶어지는 소원초 하나
허리 숙여 합장하는 것으로 대신합니다

2부

기대 없이 꽃은 피고

약속 없이 꽃은 지고

가을엔

붉고 붉어져서 끝내 숨길 수 없는 말

애써 도로 삼키지 않아도 좋겠지

변명하지 않아도 되는
사랑 하나 있어도 좋겠지

꽃무릇

꽃을 태운다

너의 등을 어루만지던 손으로
아무리 움켜쥐고 있어도 뜨거워지지 않는
꽃을 태운다

돌아가야 할 길
골목 어귀 팽나무 발목에 묶어 두고

고작 석 달,
그 후에는 잊겠다는 너에게
밤중에 달려가서 마음을 놓고 왔다고

불안한 문자 메시지들이 바람에 흩날리는 날에도
너는 아무도 찾아오지 않았다고 했다

스며들고 나면 나눌 수는 없어서
붉은 실로 서로의 팔목을 매듭지었으나

호랑지빠귀 울음소리

파동 없이 어둠을 긋고 간 후

저절로 끊어졌다고 했다

꽃을 다 태우고 한 계절까지 다 태우고

지나가는 너를 불러 세워

이름을 묻기라도 한다면

너는 부디 외면하길

환절기

마음을 거들어 주는 사람도 없이
서편 하늘은 언제 저렇게 붉어졌나

지난여름에 태워 버린 말들을 안주 삼아
비워낸 소주 몇 잔으로도
집으로 돌아가는 길은 잃어버리고 싶은 밤

가볍게 들려오는 뒷담화같이
가끔 흔들려도 흉이 되지 않는다고
잠시 쉬어 갈까
유혹하는 골목길 연인들의 대화들

단숨에 읽어내기 어려운 문장의 쉼표 같은
이 계절의 표현법을 해석하며
나도 골목의 빈방으로 숨어들고 싶다가도
또 아무 데도 묶이고 싶지 않은
나는 아무래도 틈이 많은 사람이다

당신, 이라는 기호

내 미간의 주름으로도
어젯밤 잠의 깊이까지 알아채었던 당신

쉽게 떠올려 설명할 수 있는 말이 없어
모란꽃 하얗게 핀 봄날의 일기 속에
기호로만 남은 당신

당신에게 마음을 풀어놓는 일은
공중을 밟는 이음돌과 같아서
움푹, 몸이 빠지는 그믐밤과 같아서

물 흐르듯 흘러가면 된다는 말
길라잡이로 앞세워 가다가도

문득, 그 끝이 궁금할 때마다
품고 살았던 그 종점에
당신은 먼저 가닿았을까

귓속 사무치게
발자국 소리 멀어져 간 이후에도
이따금 흐느끼는 검은 새 한 마리

보랏빛 실타래 구름을 풀어
멀리 날려 보내는 새벽

나의 먼 곳은 바로 당신이었다

소나기

반쯤 쓴 문자 메시지
망설이다 지운 자리

무턱대고 다녀갔다
남남처럼 스쳐 갔다

산수국 피어났을까
그 숲에 가자 했던 사람

불면

푸른 하늘 배경 앞에
해바라기가 고개 숙인 그날 이후

낮이 사라지고
밤은 잠을 잃은 지 오래되자
왼쪽으로 휘어진 쉰다섯 등뼈에
통증이 도지는 날이 반복되었다

전기담요의 온도조절기를 두 칸 더 올려 봐도
떨어진 체온이 회복되지 않아
진통제 대신 소주 한 병 사 들고
어둔 방으로 돌아오는 날이 많아졌다

몇 끼를 걸렀어도 공복감 없는 오늘
석 달 열흘쯤 같이 살고 싶다던 너를
술잔이 비기 전에 빗소리로 불러오고 싶어서
네가 만들어 주던 매콤한 인도식 카레와
마주 앉은 그 저녁을 한 번만 다시 불러오고 싶어서

불을 끄지 못했다

마음을 갈아 끼우기 위해 몸까지 앓아야 했다

동거의 방식

현관문을 열고 닫는 사이
안과 밖의 발을 하나로 모으는 사이
강아지는 기회를 타고 달아납니다

후다닥 쫓아가지만 어느새 종적 감춘 녀석의 이름
마루를 정말 하늘이라도 부르는 듯이 헤매다 보면
일탈은 즐거운 것이라는 듯
저 멀리 도로 건너에서 꼬리 흔들고 있는 녀석

참, 죽어라 말 안 듣는 애인 같습니다

어르고 달래 가며 새어 나간 마음
품에 안고 또 모셔 왔습니다

목줄이라도 채워야 할까요

담쟁이

어깨 한번 내어 준 적 없이
서너 발자국 먼저 걷는 당신

한 번만이라도 보폭을 맞춰 주세요
가을이니까요

혹여나 내밀었던 손
무안해서 달아올라요

봄밤

한숨 자고 일어났더니 봄이었고
다시 밤이었다
창밖에 화르르 꽃이 지고 있었다
귀로 듣는 것이 더 좋은 풍경이었다

오늘 밤에는 정리해야 할 목록이나 적어 볼까
가사는 좋지만 옥타브가 높아
따라 부르지 못하는 노래들이 떠오르고
마음을 주었으나 돌려받지 못한
사내의 얼굴도 스쳐 간다

오늘 하루쯤은 미리 서러워하거나
무엇과도 화해하려고 애쓰지 말자

피었다 지는 꽃의 발자국 소리만으로도
몸이 후끈 뜨거워지는 밤이다

교정보는 여자

시 한 편 써 놓고는

잊어야 할 사람과 보고 싶은 사람이
여전히 한 사람인 동의어를 수정하다

혼자만 의미 부여한 반지를 빼 버리듯
엄지와 검지 사이에서 찢겨져 종지부 찍은

불완전 사랑의 문장,
불이라도 긋고 싶은

빈 의자 하나 내어놓고

바다를 앞장세운 가마우지 발자국 따라
날개 없이 떠날 사람 붙잡을 말이 없어

온몸으로 출렁거리던 장다리꽃
때 이른 물아지랑이 피워 올리면

꽉 깨문 이별 앞에 미어지다 미워지다
뒤돌아 그리움만 품어 안은 섬, 우도

바다는 빈 의자 하나만 내놓았다

네 얼굴이 떠오르지 않아
풍경은 삼 년쯤 늙어 버렸다

세 들고 싶은 집

누구의 유산이었을까, 딱하게 무안하게
잎 무늬 좋은 시절 새들이 물고 가고
잊혀진 주소지처럼 겨우 남은 나무 밑동

나무의 기억 위에 점 하나로 의미 바꾸듯
나무널 맞배지붕 밑동 위에 얹어 놓자
근사한 원통형 집 한 채, 흰 꽃 가득 피었다

저 밑동 집 닫힌 문을 내 집인 양 열 수 있다면
달그락 바람소리에도 훈훈한 온기 돌아
오래전 놓친 사랑도 기다릴 수 있으리

웅크린 꿈길 어귀 움이 트길 기다리는 동안
고요함에 쓸쓸함을 덧깔고 앉으면
시 한 편, 나무의 언어로 둥긋하게 써지리

따뜻한 눈망울에 환하게 뿌리내리면
아침마다 피워내는 내 삶도 황송해지리

맘 놓고 한 달 살이라도 깃들 수만 있다면

존자암 가는 길

일주문에 다다르는 숲길은 멀기도 하다

이 숲에 들 때마다
버리려고 챙겨 온 잠 못 든 몇 밤의 무게 때문에
늘 숨이 가쁘다

가다 잠시 발길을 멈추면
휘어진 나무처럼 마주치는 한 사람

눈먼 바람 소리로
떠나보내고 싶은 그 사람을

서너 발자국 너머 산노루는
언제부터 지켜봤을까

마주친 눈빛이 선하고 맑아서
오늘은 대웅전에 들어
삼배를 올리는 대신

마른 목만 축이고 돌아가도 좋겠다

숲속으로 흐르는 개울물을 한 줌 뜨다
문득 발원지가 궁금해져서
하늘을 보려고 허리를 펴는 순간

푸른 잎맥 하나 날아와
내 몸에 박힌다

봄은 또 덧나

설레다 상상하다 저 혼자 헛물켠 봄
기대 없이 꽃은 피고 약속 없이 꽃은 지고
울음은 환한 날에도 수액처럼 차올라

아이들 노란 미소 등 뒤로 스쳐 갈 때
미안하다 그 말에도 머리채를 잡히듯
중심을 잃어버린 바람 온몸을 훑고 간다

누가 투망질로 저 울음을 거둬 올까
돋을새김 흉터에도 트실트실 움튼 싹
허공에 보고 싶단 말 손톱으로 쓰고 있다

새를 읽다

가을 하늘에 팔랑거리며 떨어지는 깃털 하나

팽팽하게 당겨졌던 푸른 현이 핑,
끊어진다

저 하늘 부려 놓고 간 새
몸이 참, 가볍겠다

3부

슬픔이 어김없이 괴어들었을

섬의 비망록

세화와 월정 사이
이른 조명 하나둘 켜지는 해안도로를 걸어
고무 물질복을 벗지 못한 할망 해녀가
집으로 돌아가고 있다

오늘 수확은
어깨 위 망사리를 가득 채운 노을 한 짐
파란색 고무 슬리퍼 걸음만 선명하다

이 바다를 잠시 스쳐 가는 당신들은 모를 것이다

보말 몇 개로 하루의 몫을 감당해냈던 애기 해녀가
지느러미 대신 다른 호흡법을
익히며 어른이 되어 가고
거친 물결에도 몸을 내맡겨야 하는
바다의 순리를 깨우친 이후

열 길 물속,

소라씨 전복씨 뿌리고 거둬 온
저마다의 물밭이랑에
식솔 대여섯 목숨줄 걸리면
의지할 것은 오직 저 바다뿐이었다는 것

마침내 바다와 여자들은 한 몸이 되어
맥박의 주파수까지 같아졌다는 것

오늘 저 바다에서 여든두 살 할머니가
물숨을 놓았다는 소식이 또 들려온다

숨비소리 한 대목이 사라지는 날이면
바다도 몸이 무너진 채 운다
바람도 잠시 멈춘다

당신들은 끝내 들을 수 없는
울음소리
저 숨비소리들

제주 밭담

둥글거나 모나거나 차별 없이 쓸모 있게

어깨를 빌려주고 숨구멍 나눈

토종 혈통 섬것들,

뼈와 지문들

섬사람 이야기

오래 오래 끌어당기는 우연한 말, 있지요

제주 신화를 야물게 풀어놓던 김 선생이 어르신들 앞으로 사진 한 장 띄웠는데요 색깔이 고운 소망을 파란색 연두색 분홍색 흰색 보따리로 펼쳐놓고 그 위에 메와 떡 술과 과일 삶은 달걀 구운 생선 등속을 진설해 놓은 풍경이었지요 오래전의 여자들이 정성으로 제수를 담아 옆구리에 끼고 온 대나무 구덕들도 옆에 쪼그려 앉은, 와흘당 마을제를 지내던 날이었지요

가끔 다툼은 엉뚱한 데서 일어나기도 합니다 눈썰미 좋은 한 어르신의 질문이 빌미가 되었는데요 그 많은 제물들 중 구운 생선이 문제였지요 어떤 생선은 뒤집어서 가른 배를 하늘로 내보이고 또 어떤 생선은 엎어 놓아 등을 내보이는 그 이유를 따졌는데요 다들 제사상을 차려 보거나 그렇지 않거나 어동육서 두동미서 감 놓아라 배 놓아라 한 번쯤 헛기침하던 어르신들이라 맞다 틀리다 우겨대는 소리들만 커져 갔는데요

기어이 김 선생이 사진 속 마을의 노인 회장에게 전화를 걸어 그 자리에서 확인까지 하게 됩니다 "지네만씩" 제물도 자기 정성만큼 "지네만씩" 구운 생선 진설도 뒤집거나 엎거나 "지네만씩"이라고 정리했는데요

　　그 후 김 선생이 우연히 노인 회장을 만났는데요 대뜸 "난 생선은 엎어서 놓아" 하시더라는데요 바닷속에서 지느러미를 띄우고 마음껏 헤엄치고 다니던 것들 아무리 배를 가른 물고기라지만 뒤집어지면 "보글락 보글락" 얼마나 힘들거라 하시더라는데요

　　누구도 마음 쓰지 않았던 그 살맛 나는 말을 들은 이후 간혹 구워진 옥돔과 조기 들이 제단 위에서 헤엄치기도 합니다

　　섬이, 섬사람들이 서로를 신으로 모시고 살았던 그때 그때처럼

귀덕歸德

가만히 떠올리기만 해도
나지막한 슬픔이 되는 이름이 있다

당신에게도 말하지 못한
늙은 어머니의 투병기 같은 것

절기와 물때를 따라
텅 비는 날이 많았던 마당과
골목을 버린 아이들은
거북등대가 보이는 바닷가에서
스스로 자라는 법을 배웠다

사금파리 위에 반짝이는 빛은
바다를 건너오는 것이라고
수평선 너머가 궁금했던 아이들이
하나둘 마을을 떠나자

잣담이 내려앉은 밭들의 경계가 희미해지고

풍경들은 조금씩 허물어지기도 했지만

바다는 여전히 푸르고
몸이 조금 불편할 뿐 정신은 맑은
골목길 팽나무는 갈수록 품이 넓어져서

어떤 지명들은 가만히 입술 위로 옮기기만 해도
견딜 수 없는 반성이 된다

귀덕 바다

아버지의 베개 머리맡은
늘 바다를 향해 있었다

파도를 거슬러 오른 흔적
귓바퀴에 은비늘로 달라붙은 밤에도

가끔 고단한 몸을 빠져나온 걱정들은
그물로도 잡지 못해
거품 문 게처럼 꿈속으로 도망 다니다
희게 새어 버린 날에도

설 자리조차 수평으로 놓았던 아버지
가끔 스스로 다스리지 못하는 불뚝 성질
파도를 닮아 갔던 아버지

수평선이 비늘을 돋궈 더 푸르러진 날에는
달큰한 생선조림이 저녁 밥상에 올라
배부른 바다가 거북등대에 기대어

깜박 졸기도 했던

복덕개의 문을 열고 다시 영등할망이
섬으로 찾아오면
아버지의 만선기가 또 펄럭일 귀덕 바다

큰엉

오종종 동네 사람들 갈매기처럼 모여들어
흩날리는 눈발 맞으며 기다리고 기다렸다

귀항 날짜 이틀 지나도록
돌아오지 않는 사람들

살려 줍써, 살려 줍써
아홉 집 목숨이 걸렸수다
대대로 포구를 지켜 온
할망당의 몸도 흠씬 젖었다

난바다까지 간절한 비념이 가닿았을까
사흘 만에 집으로 돌아온 아버지

집채 같은 파도도 잘 달래고 달래면
호흡을 누그러뜨리는 때가 있다고 했다
바다의 뜻 거스르지 않고 따라가면
바닷길이 손금처럼 환해지는 순간이 있다고 했다

아직도 나의 바다에는
어떤 폭풍에도 흔들리지 않는
큰 바위 하나 우뚝 서 있다

당신과 바다

허리 펴우러 갔다 오켜

동트기 전에 나서 해가 중천에 올 때까지
밭일로 구겨진 당신은
물에 만 식은 밥 한술 뜨는 둥 마는 둥
바다에 들었다

돈 되는 물건이야 바다가 허락해 주는 것
자맥질마다 빈손이라도 상관없었다

쉴 새 없는 노동에 비틀린 몸을 가볍게 받아내며
넋두리를 다 들어 주곤
입 무겁게 소문내지 않아
사흘 묵힌 울음을 토해내기에도 좋았던 바다

그러고 보면
당신은 소라나 전복을 캐기 위해서만
테왁을 메고 집을 나선 것이 아니었다

이제야 겨우 눈치챈 것이지만
물질은 차라리 당신에겐 온전한 휴식이었다
약발이 잘 듣는 처방 같은 것이었다

뇌졸중이 먼바다 너울처럼 몸을 스치고 지나간 뒤
다시 물질은 할 수 없게 된 당신

몸을 펴러 갔다 온다고 마당을 나서던
그 오후로 돌아갈 수만 있다면
바다는 당신의 몸을 언제라도 고스란히 받아안을 것
이다
당신의 굽은 허리도 곧게 펴질 것이다

겨울 멀구슬나무

일흔에 반쪽 몸을 바람에 실려 보낸 후
햇살 창창한 날에도 궂은 일이 더 많아
스며든 새 울음소리 잠결에도 다독거리며

싸락눈 떨어질 때마다 숟가락 움켜쥐며
3년만 더 살고 싶다,
병석에서 오롯이 붙잡은 안녕이
때때로 뒷모습을 보일 때마다

소중한 것들은 너무 꼭꼭 감춰 둬서
언제부터인가 그렇게 숨겨 둔 곳조차
기억해내지 못하는 당신의 이야기

꽃 지고 잎 지고 좋은 시절 다 지나가고도
맨몸의 가지마다 노랗게 매달고 있는 멀구슬나무 열
매처럼
마치 도트처럼

기억의 방식은 사람마다 달라서

비밀스럽게 점이 되거나 선이 돼 버리기도 한다

길을 내는 방식

순하게 따라와서 칠순을 줄지은 걸음
당신은 황망히 어디에서 어긋냈나
걸음마 몸의 기억만 발꿈치에 붙인 채

뻗정다리는 무릎 꿇지 않겠다는 오기인가
기우듬 기울어지는 순간순간 다잡으며
어머니, 마임 배우처럼 펭귄걸음 걷고 있다

접착제 떼어내듯 왼발을 끌고 온 후
내려앉은 설움까지 아득바득 또 뗀다
숨이 찬 기색도 없이 등진 생을 조율하나

멈추었다 온몸으로 띄엄띄엄 이어 놓는
악필 걸음 발맞추어 햇살도 착지하면
생애 중 가장 당찬 걸음 지극하게 길을 낸다

미망의 봄

사라봉 산책로 바람 등에 기대앉은 할머니
입춘을 맞이하는 발길들을 붙잡으며
봄나물을 팔고 있다

언 땅을 헤집은 손으로 슬하에 거둔 것은
달래 몇 뭉치, 냉이와 쑥 한 무더기
이것이 전부라는 듯
근심보다 낫다는 듯

흰 머리카락 빠져나온
머릿수건 위에는 방점처럼
붉은 꽃 점, 점, 점, 피어 있다

이름도 모를 저 꽃송이들은
언제 웃었을까

고랑 진 손등 위에 노랑나비 날아오면
차가운 밑바닥 복사뼈에도

푸른 잎이 돋아날까

바다 억새

가을이면 온몸으로 바람이 되는 여자
눈 밑 다크서클 눈물을 감추고서
뒤축도 다 닳아 버린
우울증을 앓는 여자

해초 줄기에서 탯줄 얻어 태어난
섬사람 그 운명이 바다를 찾아오듯
사라봉 절벽 앞에 와 억새꽃으로 피었다

바다 앞에 서면 제 가슴도 절벽이라
세간에 참았던 울음 파도 소리 풀어놓고
목쉰 채 부르는 소리
엄마― 엄마― 엄마아―

귀 기울면 뿌리 타고 오르는 연물 소리
장단이 거칠수록 춤사위 너울 치고
끝끝내 굴절된 고통
어골문魚骨文만 새기는

팽나무가 있는 풍경

발 빠른 세상살이 대책 없이 밀려와
말년의 팽나무도 관절염을 앓으며
친구도 떠나간 골목 저 혼자서 버틴다

나이가 드는 것은 나를 잃지 않는 것
상처 뒤 빈틈들도 한 장 달력에 감추는 동안
서늘히 눈빛을 풀며 진눈깨비 날리고

항상 돌아가는 길은 더 무겁기 마련이라
하늘 끈 거의 풀린 날갯죽지 내리며
십이월 한가운데서 까마귀가 울고 있다

비자림

햇살 내민 손잡고 단숨에 건넜습니다

나무 한 몸마다 열두 길 열어 놓고도
천년 숲, 검푸른 고집
말아 품고 있었습니다

오래 미루다 다시 만난 나무들을 눈여기며
좋다, 정말 좋다, 건네는 당신의 인사말

안쪽을 말랑말랑하게 베어 먹고 싶었습니다

어쩌다
휘어진 그늘 허리 숙여 다 지나고도
여전히 굽은 어깨 조심조심 감싸 줄 때마다

뜻 모를 박동 소리를
들은 것도 같습니다

누군가에게 어떤 위로는 사소한 것이어서
나란히 발걸음을 맞춰 주는 것만으로도

옹이진 나무들까지
옭매듭을 푸는 동안

바람에 씻겨 가벼워진 날개뼈와 손금까지
겁 없이 풀어 주고는
나 몰라라 돌아온

그 숲이 다시 부르는 날,
산수국이 피었습니다

수망 水望

그저 바라만 보는 하늘이 있습니다

그늘마저 진땀을 흘리는 날이 있습니다

녹슨 문 삐걱대는 소리 이명으로 걸린 날

사방을 돌아봐도 사람들이 낯설어

산수국 청보랏빛 울음보를 움켜쥐고

눈물샘 그렁그렁한 물영아리*에 갑니다

젖어 있는 것들은 언제나 순합니다

제 안에 무턱대고 들여놓은 슬픔까지

오래전 하늘의 일이라 슬그머니 다 품은

분화구 물의 둥지 그 발치에 홀로 서서

당신만 바라본 것은
심정만 헤아린 것은

떠 있고 싶어서입니다
개구리밥 토씨로라도

* 제주도 서귀포시 남원읍 수망리 소재 오름. 분화구 내에 물이 고여 있는 오름으로 다양한 습지생물이 서식하고 있다.

바다 무덤

한 생애 뿌려 두고 돌아와 합장한 마음
절벽 쪽으로 기울던 날들은 이울어 가도
아직도 눈시울부터 붉어지는 기억들

마음 둔 곳에도 정든 사람에게도
슬픔이 어김없이 괴어들었을 시선 밖에도
끝끝내 한길 가슴속 천 길 통증 숨겨 놓고

살고 싶다 무릎 껴안고 홀로 우는 동안에도
아무도 등 한번 쓸어 드리지 못한 날들
지금도 헐린 상처처럼 쓰라리고 아픕니다

뒤늦게 각설하듯 사람 건너 남기신 말씀
축축이 떠올리며 서성거리다 가는 길에
나직한 생전의 목소리 순비기꽃 피었네요

파도 자국 남지 않는 바다로 돌아가신 뜻
화엄의 바다에다 물집* 한 채 손수 짓고

끝없이 바람의 싯구 받아쓰고 계신가요

미처 탈고 못 한 푸른 생의 기록 위로
당신의 마지막 종결어미 같은 노을
또 오늘 시 한 편 속에 서럽게만 지겠네요

* 정군칠 시인의 시집

4부

이 봄에는 다녀갈까

꽃의 내력

생목숨을 거두고도 멀쩡한 하늘 앞에
생각다 생각다 못해 꽃송이 피워 놓고
노랗게 멀미가 나는
낮은 말문 열리더라

허술한 변명이나 이유도 모르는 채 스물다섯 고운 나
이 한 방에 관통한 총탄, 늑골 안에 붉었던 꿈 꽃무늬로
지는 동안 입가에 맴돌고 맴도는 두 살배기 딸 이름 어
쩌나 어쩌나 바람은 몸을 흔들고 윙이자랑 윙이자랑 함
박눈은 내리고 내리고 끝끝내 보채며 품속에서 울던 아
기 탯속으로 돌아갈 때 속눈썹 위에 떴던 낮별 이승의
그 마지막 기억

녹색과 적색 사이에
또 그렇게 핀
복수초

달의 헌화

어둑하다, 문신처럼 응고된 달의 흉터

천지분간 못 하고 총구가 겨눠질 때 얼먹은 집 칸칸
마다 기둥들이 기울고 소름 돋은 악몽처럼 불운도 소스
라치면 어미 허리 뚫고 나가 젖먹이를 관통한 후 아홉
살 놀란 노루 새끼 심장에 또 박혔다 와중에도 운명의
손금 바뀌는 간발 사이 정강이뼈 부서지며 대나무밭에
숨은 달 아직도 새벽녘이면 숨을 곳을 찾는다

꽃 피는 봄 길조차 울고 나야 지나간다
돋보기 끼고 앉은 세월에도 남은 눈물
지상에 짓무른 눈썹 다 떨구고야 건너간다

허공에 발을 짚어 동냥하듯 살면서도
터득한 공식 그대로 차오르면 비워내며
투명한 꽃잎들처럼 슬픔도 환해진 밤

누가 들었나, 목련 가지 휘감은 울음

망자 앞에 바치는 유일한 제의처럼

밤사이 켜 놓은 조등, 서늘토록 웅숭깊다

사월에 내리는 눈

아무도 안녕이라
말 못 하는 사월 숲속

끊긴 길 서걱서걱 조릿대 스치는 소리
바람만 나부끼는 산전에
솔기 터진 눈발 소리

허물어진 비트 안에 짐승처럼 웅크려서
무쇠솥에 콧구멍을 들이밀던
밥내의 기억

오래전 녹슨 허기로
엉겨 붙은 발치쯤

흩어진 봄빛 아래 밑불 놓듯 촛불 켜고
이슬 먹은 풀잎으로 쇠솥을 닦고 닦아

싸락눈

싸락 싸그락
됫박쌀을 씻는가

가슴에 숟가락 하나 꽂고 간 그 사람도
먼 길 휘적휘적 절절히 돌아와서
여린 꿈
밀어 올렸나,
제비꽃이 피었다

산전, 꽃 진 자리

유월이면 향香 하나 피우러 가는 숲속
푸른 눈빛 파리한 안색 은신처에 숨어든 듯
천남성 잎사귀에 덮인
무연고 무덤 한 기

우북하게 자란 적막 돌덩이로 눌러둔 채
때죽나무 한 그루 키워낸 무덤가에
그 누가 흰 종이나비를
꽂아 놓고 갔을까

꽃이 피고 지는 일이 슬픔만은 아닐진대
꽃송이 수굿이 피워 놓은 그늘에 앉아
한 잔의 막걸리에도
말문이 열리지 않는다

바람도 서간체로 숨을 뱉는 길 위에
때죽꽃 무리 지어 후르르 흩뿌려지는 동안
저 숲길로 떠나간 넋들

돌아온 적 있었을까

나비가 넌짓넌짓 날갯짓 할 때마다
몸 밖으로 밀어낸 그림자도 환해진 길
오늘은 당신과 서로
마주해도 좋으리

어린 때죽나무를 위한 조사

그 꽃그늘 아래서라면
젊은 파르티잔들도 잠시 총구를 거두고
깜빡 졸았을 것이다

산 아래 고향집 울담에는 지금
무슨 꽃이 피었을지
떠올려 봤을 것이다

떨어진 꽃,
젊은 파르티잔의 얼굴들

숲길을 걷는 이여
함부로 발자국 내딛지 마라

아직도 떠나보내지 못한 계절이 있다

불망기 不忘記

　기억을 맞출 때마다 검은 새가 지나갔다

　함박이굴 이씨 집안 막내로 태어나서 여덟 살 때, 한 날한시 아버지와 형과 누나는 산사람에게 끌려가 돌멩이에 짓이겨져 죽고 겁결에 말귀를 잘못 알아들은 어머니, 얼마 후 붙들 새 없이 군인들에게 총살당했다 울음에만 의지하던 이레 낮밤 지나서 어느 비 오는 날, 흩어진 가족 시신들을 한데 모아 어린 기억 속에 봉분 없이 묻었다 열 살 때, 친척 집 눈칫밥에 배가 불러 거리를 떠돌다가 우연히 만난 고마운 사람, 그날들도 잠시 잠깐 기약 없이 헤어진 후

　아무도 어린 입 하나 거두지 않는 섬, 떠났다

　바다 저편에도 살길은 보이지 않았다

　기웃기웃 입 속에 넣을 밥알들을 찾아다니다 토굴 속에 겨우 들어 전쟁은 피했으나 더 이상 오갈 데도 기

다릴 이도 없었다 무작정 배를 타고 갈팡질팡 발길 닿은
작은 마을 포구 앞 배 속의 울음만 터져 나왔다 삼 년 후
열세 살 때, 머슴처럼 거두어 준 성씨 다른 박씨 집안 자
손으로 다시 태어났다

　매서운 섬의 기억은 아슴아슴 지워졌다

　먹고사는 일 지는 꽃이라도 받아 드는 시늉 같아서

　어린 일꾼으로 농부로 염색공장 기술자로 1톤 화물차
에 늙은 생계를 기대며 목포에서 해남으로 서울로 다시
목포로 제주 섬 잇는 뱃길 지척이었으나 외면했다 스물
여덟, 쉰다섯, 예순여덟, 일흔넷

　사월에 돌아다니는 풍문, 한사코 귀 막았다

　뼛속 박힌 바람도 세상 밖으로 기울어진 일흔여섯,
우연한 귀동냥에 솟구쳐 오래도록 술 한잔 올리지 못한

영혼들 혹여 벌게진 위패라도 찾아질까 어렴풋 남아 있는 고향 마을 이름과 온전한 아버지 이름 석 자만 쥐어 들고 처음으로 간절하게 바다를 거슬러 온 사내

　마르고 말라 다시없던 눈물이 터지고 말았다

　욱신거리는 통증 속으로 총알 또 깊이 박혀

　아버지, 어머니, 큰형, 누나의 위패와 행불인으로 새겨진 작은형과 제 이름을 더듬더듬 떨리는 손끝으로 쓰다듬으며 고향 땅을 밟기까지 결박된 육십육 년, 한생이 걸렸다는 생각이 표석보다 어두워서 사내의 어깨 위로 스멀스멀 내려앉는 한 일가의 생과 몰에 혼미하게 넋 잃어서 맥 놓고 뿌리 바꾼 통한의 세월들이 생 바꾼 일곱 식구 마지막 얼굴들이 옛집 너른 마당에 별자리처럼 되살아나

　할머니, 아버지, 어머니, 형, 누이 그 이름들을 서럽다

애달프다 부르는 해후

골필骨筆로 채울 수 없는 늙은 사내 불망기不忘記

동백 밥상

사월을 안다면서 도령마루* 몰랐습니다
소나무 가지 사이 얼비치는 세월 저편
앙다문, 글썽이는
눈물들을 어찌 맞을까요

한 톨로 심은 낱알 쌀이 되고 밥이 되듯
고운 꽃 꺾어 와서 뿌리 내릴 날 기다리던
어릴 적 봄비 같은 믿음
나무 둥치에 매어 다니

찬 땅 초석 위에 모여 앉은 육십육 신위

산적과 생선구이, 과일과 떡으로는
함부로 잊고 산 시간,
햇볕이 부끄러워서

밑바닥 터진 젯상에 진설할 거라고는
봄을 일으켜 세운

꽃밥밖에 없어서
언 마음 녹이시라고 동백꽃 송이 올립니다

가슴 찔리는 자리에
말없이 내려앉아
목마른 혀끝 술 한 모금 적시는 동안
따뜻이 몸 덥히시라 동백꽃 송이 또 뿌립니다

하늘은 머리 위가 아니라
발밑부터 높아지고
풀빛으로 별빛으로 입김 겨우 불어넣은
소원지 검은 이름들

날카롭습니다,
퍼뜩 퍼뜩

*제주국제공항과 인접한 이곳에서 학살된 4·3 희생자는 현재까지 66명인 것으로 알려지고 있다.

어쩌면 잊혀졌을 풍경*
—멀구슬나무와 팡돌과 나

　밤마다 이불 속에 온몸을 웅크려도 칠십 년 동안에
도 숨지 못한 기억은 음습한 동굴을 또 찾아가고 찾아
간다 어둠을 움켜쥐고 도리질치며 도망치다 보면 헛디
뎌 굴러떨어진 내창에서 또 허우적거리고 아침마다 기
억은 스스로를 증명하려는 듯 짝짝이 두 손과 절룩거리
는 다리로 불안한 하루를 시작한다

　일흔 해 묵혀 둔 말 쉽사리 꺼내지 못해
　연필만 만지작만지작 선 한 줄 겨우 그렸어
　어렵게 말문을 트자
　꽃눈들도 틔어났어

　메마른 손가락으로 조바심 내며 피운 꽃들
　저지른 잘못 없이 기다림조차 죄가 된,
　무너진 하늘 아래서도
　살아 있어 고마웠어

　달을 쳐다보며 내가 앉아 있던 팡돌

푸릇한 꿈 한 채 기다리는 것 같아서
돌아온 가족을 맞듯
멀구슬나무 그렸어

비바람 흔적이나 기미는 어디에도 없어서
금세 다닥다닥 붙어 앉은 햇살들
여덟 살 나의 친구들이
올레에서 불렀어

백지로 비어 있던 유년과 우영팟에
동백꽃, 해바라기, 양애와 배채기꽃
또다시 연필로 심고
붓끝으로 피워 놓았어

오늘도 꽃을 그려,
아프지 않은 꽃을 그려
고요히 느릿느릿 철도 없이 피어나
다시는 지지 않을 꽃,

향 피우듯 꽃을 그려

* 제주 4·3 생존 희생자 그림 기록展

회천回川*

일가붙이 아니어도
암호 같은 전언을 받고
이씨 문중 묘지로 사람들이 모여듭니다

부모 없이 살아남은 일흔다섯 명자 씨가
젖은 손으로 사나흘 차린 제물이 진설되고
스물여섯 벌 수저가 가지런히 놓이면
흘림체 푸름한 향내가 안부를 묻습니다

멀리, 가까이 간절하게 돌고 돌아
어렴풋 검은 비석에 비춰지는 제 모습
물끄러미 바라보는 어린 핏줄들이
술 한잔 따라 올리고 서툴게 절을 올립니다

어두웠던 기색들이 딴청처럼 맑아지고
하늘의 마음을 돌리고 싶어 했던

누가 봐도 눈부시게 젊은 사내의 얼굴

세월이 흘러가도 여전합니다
영정 사진 속 이름표 동백은 더 붉어 갑니다

오늘 같은 날은 음복주 한 잔으로 모자라서
한 그릇 더 청하는 고사리 육개장에
후욱, 슬픔의 목덜미도 뜨거워집니다

제사상 걷어낸 자리
산 사람들이 모여 앉았다
등짝 잃은 그림자 선뜩선뜩 길어질 무렵
아릿한 눈빛 남겨 둔 채 금세 뿔뿔이 흩어진

여우볕으로 봉한 그곳,

한 사내의 집, 다시 텅 비었습니다

* 2007년 10월 12일에 조성된 이덕구의 가족묘지가 있는 마을 이름

슬픔의 종족

툭, 툭, 툭,
동백꽃 송이송이 내려앉습니다

오래되었으나 가누지 못한 말들 여전하여서
사월의 점멸신호 같은 붉고 노란 눈빛들

죽었나, 뼈 한 조가 찾을 수 없더라도
살았나, 기척을 가늠할 수 없더라도
돌아올 사람들 먼저 지나가야 할 저편

핏기 잃은 기억들은 한 번씩 다녀가는지
피할 새 없는 눈물처럼 또 떨어지는 꽃 한 송이
손으로 받아내고서 기우뚱, 몸 흔들리는

행방불명인 표석들의 뭉툭한 이름 앞으로
고요한 그림자들이 쪼그려 앉습니다
슬픔을 번식시키는 종족이 있습니다

점등

새들이 둥지를 만들고
제 몸을 둥그렇게 말아 포란하는 봄

할머니 손을 잡고 온 철 모른 아이의 뒤를 따라
평화공원 행불인묘지로 까마귀들도 혈손인 듯 날아와
반쯤 빈 소주병 옆 사과 한 알 쪼아 먹고 날아가도
부화되지 않는 이름들

이 봄에는 다녀갈까

집으로 돌아오는 길은 잃지 말라고
봉개동 거친오름 산허리에
산벚꽃 하얗게 피었다

닫혔던 대문을 활짝 열어 놓고
열여덟 너를 기다린다

도안웅이아*

나는 마을에서 가장 어린 생존자였어요
가족을 잃고 두 눈까지 먼
여섯 달 젖먹이, 그게 나였어요

차라리 다행이라고 할까요
나는 어떤 것도 기억할 수 없고
아무것도 보지 못한 채 살아남았어요

한 끼의 젖을 기꺼이 내 입에 물려
나를 키워낸 마을의 엄마들
내 손을 놓지 않았던 고향, 빈호아가 아니었다면
나는 이 세상에 없었을 목숨이었죠

먼 데서 나를 찾아온 당신에게서
낡은 기타를 선물받은 그날 이후
노래가 나를 찾아왔어요
마음에만 담아 두었던 이야기들
꿈에 만났던 얼굴들이 노래가 되어 입술을 적셨어요

눈이 보이지 않는 건 당신들의 걱정만큼
내게는 더 이상 슬픈 일이 아니에요

나는 부르고 싶은 노래가 많아요
가끔은 너무 뜨거워서 화들짝 놀라게 하는 손길과
당신들의 목소리를 노래에 담을 거예요

나는 더 이상 슬픈 노래가 아니에요

* 베트남 빈호아 마을의 민간인 학살 당시 6개월 아기였다. 어머니
가 죽으면서 그를 안고 쓰러졌기 때문에 다행히 목숨은 건졌지만 파편
에 엉덩이를 다치고 빗물에 흘러내린 화약 때문에 실명하고 말았다.

물야자나무는 아름다웠으나

음력 정월 스무나흘 날, 총구 앞에 지워져 버린

미처 이름을 지어 주지 못한 아기들과 어린아이들의
젊은 어미들이여, 늙은 어머니와 병든 아버지 어질고 선
한 눈동자들이여, 마을을 오고 가던 이웃들이여 발길들
이여, 곡식과 채소 꽃과 나무들이여 가축과 물고기들이
여, 하늘이여 강과 바다여 대지여 물야자나무 숲이여, 고
요하고 잔잔하고 평온하게 일궈 온 평화여,

울지 말아라
전쟁이 죄를 지었을 뿐 너희들 잘못이 아니다

팜티 호아* 당신의 이 말씀
돌팔매보다 더 매서워서
팔월 햇살에도 베였다

* 베트남전쟁 민간인 학살 당시 두 발목을 잃고 다섯 살배기 딸과 열
살짜리 아들, 사촌 올케와 종질들까지 잃었다. 생전에 그는 하미 학살의
대표적인 생존자로 수많은 한국 사람들을 만나 학살을 증언했다.

환지통

밤마다 한 점씩 심장을 떼어내어
잘근잘근 씹었어
잘려 사라진 발바닥이
간지러워 잠을 이룰 수가 없었어

네 살 일곱 살 어린 자식 둘에
일가붙이 열을 잃었으니
그날 나도 죽었어
나는 살아도 죽은 사람인데
어떻게 오늘까지 고통을 견디는지 몰라

아직도 불구덩을 더듬는 쯔엉티투 할머니의
마른 눈빛에서 그날을 보았네

끅, 끅, 끅, 대리석 속에 갇혀 버린 울음소리
위령비* 휘감아 도는
'올봄에 저는 못 가요'
두 눈 먼 럽 아저씨의 노랫가락으로 들었네

끝끝내 혼자서만 질근 여민 동냥주머니 대신
용서하고 떠난다는 호아 할머니 마지막 말씀
발 없는 두 다리 콩, 콩, 콩, 뛰는 소리로 들었네

* 베트남전 당시, 꽝남성 하미마을에서 학살당한 민간인 희생자
위령비

연꽃 비문

1
숨길 곳 없어
몸에 새긴 과거이며 덧나는 현실이라
우리는 단 한 줄 거짓도
적지 않았다, 여기에

한국군이 주민들을 쉽게 죽인 1차 학살을
불도저로 시신들을 짓뭉개 버린 2차 학살을
30년 아랑곳없이
되레 부정은 3차 학살일 뿐

우리는 위령비를 파내거나 되묻지도
가슴 한가운데 새겨진 비문들을 펴 놓고
지우지도 단 한 글자 고치지도 못한다

오늘, 한 송이 연꽃을 방패 삼아
어둠 속 밀어 넣고 우리 손으로 봉하지만
열어라,

벽 틈 풀꽃으로 피어서라도
너희들이

2

다시 20여 년, 별별 일 다 지나가도 여전히 한번 닫혀
서 열리지 않는 비문이야 이제는 닫힌 저대로 놔뒀으면
좋겠어

한국 친구들과 아이들이 두 손 모아 찾아오는데 저
비문 읽어 보고 마음 닫히면 뭐에다 써,

삼세번 부정을 해도
연꽃 피운 당신이여

오늘, 없는 사람

학살은 끝났지만 불타 버린 마을 어디에도 살 곳은 찾지 못했어요 더부살이 떠났지요 동생과 저를 데리고 간 다냥 먼먼 친척 집도 먹을 죽이나 발 뻗어 누울 여유조차 없었어요 엄마는 구걸이라도 다니기로 했어요 잘린 발 두 다리로 동냥을 나섰지만 베트남 사람들은 누구나 가난했어요 결국은 내 형제와 두 다리를 빼앗아 간 그들 앞에서 구걸을 할 수밖에 없었어요 엄마는 동냥 나가며 두 개의 주머니를 찼지요 베트남 사람들이나 미군들이 건넨 돈은 한 주머니에 분간 없이 아무렇게나 넣었지만 꼭 한국군에게 한두푼 얻은 돈은 다른 주머니에 넣었어요 집으로 돌아온 뒤 우리를 불러 앉힌 엄마는 한국군에게 동냥한 주머니에서 꺼낸 돈을 인두로 한 장 한 장씩 빳빳하게 다렸지요

그다음 한 장 한 장 또 돈을 세었지요

다섯 살 우리 딸 씨, 열 살 우리 아들 펀, 우리 마을 티엔, 떰, 러이, 미엔, 어이, 꾸아, 응옥, 따이, 하인… 이것은

그들 모두의 목숨값

인생은 동냥해서라도
살아내는 것, 명심해라 가르치셨지요

노잣돈, 태워 주지 못하고
이승 자식 밥알 삼았지요

신들의 섬, 접신의 영가

이명원(문학평론가)

1.

여러 차례 제주를 방문하면서 종종 홍경희 시인을
대면했지만, 그의 시편들을 꼼꼼하게 읽은 것은 이번
이 처음이다.

그의 시집 『봄날이 어랑어랑 오기는 하나요』를 읽
으면서 나는 제주도와 그곳에서 배태된 홍경희 시의
상관성에 대해 자주 생각했다. 이 시집의 외형적 형식
은 전체 4부로 구성되어 있는데, 나는 이것을 나—당
신—우리(제주)—세계로 부챗살처럼 확산시키는 시
적 고려 아래 배치되었다고 생각했다. 불가해하고 명
료하게 의미화될 수 없는 '나'의 고통으로부터 시작하
여, '당신'의 좀 더 분명해지는 고통에 대한 공감을 거
쳐, 일상적·역사적 파란만장을 펼쳐나간 섬사람들에
대한 회상으로, 대단원에서는 억압과 폭력에 쓰러져
간 존엄한 인간의 고통에 대한 명료한 공감과 증언으
로 응결된다. 혼돈에서 질서로, 무의식에서 의식으로,
고통에서 해방으로 단계적으로 상승하고 확장하는

마음의 움직임을 고려한 것으로 볼 수 있다.

시집을 읽어 나가면서 나는 제주라는 장소적 표상에 대해 생각해 보았다. 문학에서는 어떤 장소에서 시를 쓰고 사유하느냐가 매우 중요한 문제일 수 있다. 가령 서울이나 광주에서 시를 쓰는 것과 제주에서 시를 쓰는 것은 겹치는 부분도 갈리는 부분도 있다. 장소의 자장이나 역할을 뛰어넘는 시적 일반성도 있겠지만, 특정 장소와 지역 안에서 시를 쓸 때 알게 모르게 개입되는 일종의 '감정의 구조'라는 것도 있기 때문이다. 그 감정의 구조는 토착적·지역적·민중적인 공유감각과 정념, 그리고 인식의 형태로 나타나는 것과 동시에 장구한 생활과 역사의 시간 속에서 형성된 공동체성에 기반한 고유한 초월적 인식과 감각도 보여 준다.

세화와 월정 사이
이른 조명 하나둘 켜지는 해안도로를 걸어
고무 물질복을 벗지 못한 할망 해녀가
집으로 돌아가고 있다

오늘 수확은
어깨 위 망사리를 가득 채운 노을 한 짐
파란색 고무 슬리퍼 걸음만 선명하다

이 바다를 잠시 스쳐 가는 당신들은 모를 것이다

보말 몇 개로 하루의 몫을 감당해냈던 애기 해녀가
지느러미 대신 다른 호흡법을
익히며 어른이 되어 가고
거친 물결에도 몸을 내맡겨야 하는
바다의 순리를 깨우친 이후

열 길 물속,
소라씨 전복씨 뿌리고 거둬 온
저마다의 물밭이랑에
식솔 대여섯 목숨줄 걸리면
의지할 것은 오직 저 바다뿐이었다는 것

마침내 바다와 여자들은 한 몸이 되어
맥박의 주파수까지 같아졌다는 것

오늘 저 바다에서 여든두 살 할머니가
목숨을 놓았다는 소식이 또 들려온다

숨비소리 한 대목이 사라지는 날이면

바다도 몸이 무너진 채 운다
바람도 잠시 멈춘다

당신들은 끝내 들을 수 없는
울음소리
저 숨비소리들

—「섬의 비망록」 전문

위에서 시인은 "이 바다를 잠시 스쳐 가는 당신들
은 모를 것이다"라고 말한다. '섬의 비망록'은 유구한
것이어서, 또 고유한 것이어서 "당신들은 끝내 들을
수 없"다고 말한다. 들을 수 없다고 지시되는 것은 "울
음소리/저 숨비소리들"이다. 이것은 구체적으로 "할망
해녀"의 죽음을 애도하는 "울음소리"라기보다는 "몸
이 무너진 채" 우는 제주의 바다와 거기에 깃들어 있
는 섬사람들의 고유한 삶의 역사들일 것이다. 홍경희
의 시에서 인간은 자연화되고 자연은 역사화된다. 자
연화된 역사와 인간화된 자연의 공속성共屬性은 "마침
내 바다와 여자들은 한 몸이 되어/맥박의 주파수까지
같아졌다"는 아름다운 표현을 낳는다.
　바다를 잠시 스쳐 가는 외지인들이 풀뿌리 제주 민
중의 생활사에 깃든 초월적 감각의 안쪽으로 들어가

는 것은 어지간해서는 어려운 일이다. 바다와 인간의
"맥박의 주파수"에 사심 없이 귀를 기울이지 않는 한,
육지의 도회인에게 제주와 해녀는 풍물지적 소재 정
도로 소비되기 때문이다. 아마도 시인이 "이 바다를
잠시 스쳐 가는 당신들"로 호명하는 것은, 이 바다를
이해하기 위해서는 "숨비소리"에 깃들어 있는 "오직
저 바다뿐이라는" 절박한 감각에 대한 공감을 요구하
고 있는 것으로 보인다.

「섬사람 이야기」는 '와홀당 마을제'의 도중에 제물
을 진설하는 과정에서 일어났던 한 에피소드를 소재
로 삼고 있다.

가끔 다툼은 엉뚱한 데서 일어나기도 합니다 눈썰미
좋은 한 어르신의 질문이 빌미가 되었는데요 그 많은
제물들 중 구운 생선이 문제였지요 어떤 생선은 뒤집어
서 가른 배를 하늘로 내보이고 또 어떤 생선은 엎어 놓
아 등을 내보이는 그 이유를 따졌는데요 다들 제사상
을 차려 보거나 그렇지 않거나 어동육서 두동미서 감
놓아라 배 놓아라 한 번쯤 헛기침하던 어르신들이라 맞
다 틀리다 우겨대는 소리들만 커져 갔는데요

기어이 김 선생이 사진 속 마을의 노인 회장에게 전

화를 걸어 그 자리에서 확인까지 하게 됩니다 "지네만
씩" 제물도 자기 정성만큼 "지네만씩" 구운 생선 진설도
뒤집거나 엎거나 "지네만씩"이라고 정리했는데요

그 후 김선생이 우연히 노인 회장을 만났는데요 대
뜸 "난 생선은 엎어서 놓아" 하시더라는데요. 바닷속에
서 지느러미를 띄우고 마음껏 헤엄치고 다니던 것들 아
무리 배를 가른 물고기들이라지만 뒤집어지면 "보글락
보글락" 얼마나 힘들거라 하시더라는데요

누구도 마음 쓰지 않았던 그 살맛 나는 말을 들은 이
후 간혹 구워진 옥돔과 조기 들이 제단 위에서 헤엄치
기도 합니다

—「섬사람 이야기」 부분

위의 시는 '와흘당 마을제'를 소재로, 제물들의 진
설과 관련한 에피소드를 서술하고 있는 작품이다. 제
주는 신들의 섬이다. 1만 8천의 신들과 그를 모시는
민중들의 면면한 민간신앙이 '와흘당 마을제'에도 고
스란히 남아 있다. 자료를 찾아보니 이 마을제는 용맹
하게 사냥을 하는 백조도령이라는 산신山神과 출산과
농경의 신인 '서정승 따님'을 모시는 한편, 이 땅을 지

키는 지신地神에게도 마을의 안녕과 무병장수를 기원하는 '당굿'의 형태로 진행된다고 한다.

산신과 지신, 사냥과 농경, 그리고 출산과 건강을 기리는 섬사람들의 자연에 대한 공동체적 외경이 '마을제'로 나타난 것일 터이다. 이것은 매우 오랜 시간 동안 계승되어 온 민중적 전통으로, 마을의 수호신령에 대한 경신敬神을 의미하기도 하지만, 동시에 이러한 공동의 축제와도 같은 제의는 섬사람들의 호혜적 연대와 협력, 상호부조를 가능케 하는 공동체적 결속의 장으로서도 기능하였을 것이다.

그런데 유머러스하게도 생선의 "배를 하늘로 내보"이느냐, "엎어 놓아 등을 내보"이느냐 하는 제물 진설을 둘러싼 논란이 벌어지고, 이를 마을의 "노인 회장"에게 물어 정리하는 일이 이어지는데, 막상 "노인 회장"은 격식과 무관하게, 자신은 생선을 엎어 놓는다고 고백하는 것이다. 그 이유가 "지느러미를 띄우고 마음껏 헤엄치고 다닌 것들"이 "뒤집어지면" "보글락 보글락" "얼마나 힘들거라"는 애틋한 이유에서다. 제의의 격식 너머에 있는 생명에 대한 겸허한 연민이 인상적이다.

이 시를 내가 보다 인상 깊게 읽은 이유는 시적 진술에서 민중들의 관계와 활력과 유머가 "살맛 나는 말"들로 잘 표현되고 있기 때문이다. 혹독한 자연환경 속 민중적 삶의 활기와 공동체성이 도서 지역인 제주 특유의 자연적 신성神性과 뒤섞이면서, 실상 신들에 대한 제의가 다름 아닌 "섬사람들이 서로를 신으로 모시고 살았던" 공동체적 결속과 유대감의 또 다른 표현이라는 사실을 우리는 확인하게 된다.

2.

홍경희의 시를 읽어 나가면서 특히 나는 이러한 공동체적 결속과 유대감의 문제가, 자아에 대한 고뇌와 내적 갈등을 피력하는 장면에서는 대개 타자와의 신비로운 영적 교통交通으로도 나타나는 것이 아닌가 하는 생각을 해 보았다. 1부와 2부에 수록된 시들에서 특히 그것은 인상적으로 나타나는데, 그의 시를 보면 '나'라고 하는 존재를 둘러싼 상황은 규정화된 명료성으로 나타나지 않는다. 요컨대 시적 자아인 '나'는 명료한 의식을 통해 타자와의 선명한 경계를 구획하는 투명한 주체가 아니다. 시적 자아로서의 '나'는 반대로 불투명한 내면적 혼돈을 혼돈의 감각 그 자체로 여과 없이 경험하거나 감지하고 살아가는 존재이다. 나와 타자는 자연스럽게 스며들고 합쳐지는 '서로

주체'처럼 느껴진다.

가령 "열네 살 소녀"였던 '나'는 "절 구경 한번 해 본 적이 없었으면서/비구니가 되고 싶다는 소망을 품고 살았"(「폐사지의 오후」)는데, 성인이 되어서도 "몰라서 손을 쓸 수가 없고/알아도 피할 수 없는 액운들"(「점 보는 여자」)이 자기 삶에 어른거린다고 느낀다. 이것은 명료한 원인을 찾을 수 없는 불가해한 존재감이다. 그것을 「나와 나」에서는 "내 몸속에 똬리를 틀어/버티고 있는 어둠"으로, 「오래된 독백」에서는 "도저히 알 수 없는 날들"이라고 표현한다. 시인이 "힘겨운 짐승 한 마리"를 "내 속에 품고 사는"(「이름을 바꿔 주고 싶었다」) 것은 아닌가 하는 자기 의혹에 휩싸이는 것도, 내면적 혼돈과 고통의 표현일 것이다. 그야말로 시인은 삶을 "오리무중 싸움"(「상련」)으로 감지하고 있는 것이다. 이것은 "불현듯 동쪽이란 말, 헛것처럼 홀립니다"(「봄볕이 무거워」)와 같은 표현에서 보이듯, 무엇인가에 '홀린 상태'와 유사한 내면적 혼돈에 뒤섞인 존재감인데, 역설적이게도 이 혼돈의 감각이 명료해지는 것은 물리적인 가시성의 너머에 있는, 부재하는 타자他者 즉 '당신'을 만날 때이다. 나와 타자는 분리되기보다는 습합褶合된다.

'당신'으로 호명되는 그 타자들은, 막상 시편들을

읽어 보면 눈앞에서 보고 느끼고 감촉하고 사랑하는 물리적·실제적 대상으로 보기는 어렵다. 가령 "쉽게 떠올려 설명할 수 있는 말이 없어/모란꽃 하얗게 핀 봄날의 일기 속에/기호로만 남은 당신"(「당신, 이라는 기호」)이라는 표현이나, "나와는 슬픔을 해명하는 방식이 다른/당신의 유언을 읽으며/매듭짓지 못한 문장을 많이 가진 나는/조금 무서워진다"(「어느 아침의 문장들」)와 같은 표현을 읽을 때, '당신'은 현실 속에서는 부재하는, 이제는 인연이 소실되거나 육체가 사라지고 없는 이미 죽은 존재로 나타난다. 그러나 '당신'은 부재하고 있다는 바로 그 사실 때문에, 혹은 그럼에도 불구하고 존재감을 얻어 더욱 생생해지는 타자이기도 하다.

당분간 춥지 않겠다, 안심하다 떠오른 당신
밑바닥 무겁지 않은 영혼이 없다지만 왜 나를 당신 편이라고 여겼을까, 연고 없이

켜켜이 내려 쌓인 볕살 위에 서 있어도 속속 스며드는 속수무책 냉기 앞에 두툼한 체온이라도 빌리고 싶던 나날들, 잔기침에도 튀어나온 석축들이 겨냥하는데도 뒤죽박죽 한가운데 막음 시늉도 못 한 채 누군가 앉은

자리라도 옮겨 주기를 바라다가 만 배를 올리고도 더
붉어진 서러움을 두고두고 갚아야 할 빚처럼 안고 사는
동안 근원이 당신이었음을 알아채지 못했다

　균열이 생길 때마다 눈물조차 마르고도 밤마다 퉁
퉁 부은 얼굴이 당신이었음을 소소한 인연에 얽힌 고통
이었음을 몰랐다

　어느 날 우연하게 몸과 입이 바뀌었을 때 들판에서
얼어 죽었다는, 아무도 거둬 주지 않은 당신의 머리채보
다 짧은 중얼거림이 깊어서 결빙된 한탄 소리에 귀 기울
여 준 것만으로도 두 몸을 묶어 두던 결박이 풀리는 동
안 높낮이 낯선 물소리가 발밑에서 움찔거렸다

　한 영혼 그리 착하게 내 몸을 비운 이후 봄소식 모을
때마다 안부가 궁금해지는,

　내 몸에 나도 모르게 다녀간 이 있었다
　　　　　　　　　　　　　　　―「내 몸에 다녀간 손님」 전문

　위의 시에서 "나"와 "당신"과의 관계는, 이런 표현
이 가능한 것이라면 상상적 접신接神의 형태를 띠고 있

다. "나"는 "밑바닥 무겁"고, "속수무책 냉기 앞에" 있으며, "붉어진 서러움"으로 "결빙된 한탄 소리"만을 중얼거리고 있다는 표현처럼, 말할 수 없는 삶의 혹독한 냉기와 처연한 고통에 갇혀 있다. "튀어나온 석촉들"이라는 표현을 보면, 날카로운 말들의 화살에 상처 받는 일도, "소소한 인연에 얽힌 고통"도 자심했던 것으로 보인다.

그런데 그 고통의 근원이 "당신"이라고 말하고, 그런 당신이 "들판에서 얼어 죽었다" "아무도 거둬 주지 않"았다고 표현한 것을 보면, 그 "당신"은 일상 속에서 "나"와 실제로 관계를 맺고 있던 존재라기보다는, 한탄조차도 결빙되어 말할 수 없는 상태가 되어 버린 사자死者를 의미하는 것처럼 보인다. 물론 위의 시에는 왜 "당신"은 한겨울에 들판에서 얼어 죽었는지, 죽음과 함께 닫혀 버린 그의 입이 토해냈을 탄식은 무엇인지에 대한 외적 정보가 전혀 제시되고 있지 않다. 그러나 여기서 중요한 것은 시인이 그런 사자의 "결빙된 한탄 소리에 귀 기울여 준"다는 점이 아닐까 싶다.

사자의 목소리는 세속적·현실적 청음 범위의 바깥에 있다. 그것이 "결빙된 한탄 소리"라면, 슬픔과 깊은 한으로 맺힌 소리며 지금 "나"는 그것을 들어 주는 행위를 통해, 그 맺힘을 풀어내고 해원解寃하는 영매 혹은 샤먼과 같은 상황에 처해 있다. 요컨대 살아 있는 "나"와 이미 죽어 있는 "당신"은 차안과 피안의 경계와 무관하게 심리적으로 단단히 "결속"되어 있는 것이다. 이것을 시인은 "두 몸을 묶어 두던 결박"이라는 표현을 통해 말하고 있는 것은 아닐까. 그렇게 볼 때, 사자의 목소리에 시인이 귀를 기울인다는 것은 그것을 해원하는 과정에 지금 시인이 동참하고 있다는 것을 의미한다. 그래서 마지막 연의 "내 몸에 나도 모르게 다녀간 이 있었다"는 표현이 가능해진다. 이렇게 홍경희의 시에는 지금 이곳이 아닌, 그때 저곳에 있었던 낯선 타자와의 신비로운 영적 소통 혹은 교통이 잘 드러난다.

3.

이 시집의 3부와 4부를 읽으면 타자와의 영적 교통의 역사적 성격이 도드라진다. 문화인류학자인 서강대 김성래 교수는 제주도 굿의 특이성을 분석하면서, 그것을 4·3의 원혼들의 목소리가 억압을 뚫고 영매의 입을 빌어 생자의 세계로 출현하는 것이라고 한 바 있는데,「꽃의 내력」같은 작품을 읽다 보니 시인의 시작 행위 역시 이와 유사한 형태를 띤 게 아닌가 하는 생각이 들었다. 이때 시인은 영매이고 시는 사자의 목소리를 중계하는 영가spirituals의 세계와도 같아진다.

생목숨을 거두고도 멀쩡한 하늘 앞에
생각다 생각다 못해 꽃송이 피워 놓고
노랗게 멀미가 나는
낮은 말문 열리더라

허술한 변명이나 이유도 모르는 채 스물다섯 고운 나이 한 방에 관통한 총탄, 늑골 안에 붉었던 꿈 꽃무늬로 지는 동안 입가에 맴돌고 맴도는 두 살배기 딸 이름 어쩌나 어쩌나 바람은 몸을 흔들고 윙이자랑 윙이자랑 함박눈은 내리고 내리고 끝끝내 보채며 품속에서 울던 아기 탯속으로 돌아갈 때 속눈썹 위에 떴던 낮별 이승의 그 마지막 기억

녹색과 적색 사이에
또 그렇게 핀
복수초

—「꽃의 내력」 전문

위의 시에서 "낮은 말문 열리더라" 이후에 서술되

는 장면들은 명확하게 4·3 제주민중항쟁 당시 죽어 간 "스물다섯 고운 나이"의 어머니의 목소리가 시인의 어조로 중계되고 있는 것이다. 이때 망자인 어머니와 생자인 시인은 하나가 되어, "한 방에 관통한 총탄"의 그 끔찍한 죽음의 장면을 현재화한다. 그 죽음의 장소에는 "두 살배기 딸" 역시 죄 없이 동참하고 있는데, 이를 시인은 "품속에서 울던 아기 뱃속으로 돌아갈 때"라고 표현하고 있다.

특히 이 시의 비극성은 죽어 가는 어머니가 "어쩌나 어쩌나 바람은 몸을 흔들고 웡이자랑 웡이자랑" 자장가를 불러 주는 소리를 통해 극대화된다. 이렇게 망자의 "이승의 그 마지막 기억"을 현재로 끌어당겨 대신 울어 주고 해원하는 "낮은 말문"이 홍경희의 시에서는 드물지 않다. 이덕구 산전을 시화하고 있는 「사월에 내리는 눈」에서 "싸락눈/싸락 싸그락/뒷박쌀을 씻는가"와 같은 의성·의태어들 역시 "허물어진 비트 안에 짐승처럼 웅크려" 숨어 있던 산사람들 혹은 "젊은 파르티잔의 얼굴들"(「어린 때죽나무를 위한 조사」)을 떠올리게 하는 '영적 기미'이다. 이 영적 기미를 알아채고 시공을 뛰어넘어 지금 교통하는 것이 영매로서 시인의 자리이다.

바람도 서간체로 숨을 뱉는 길 위에

때죽꽃 무리 지어 후르르 흩뿌려지는 동안

저 숲길로 떠나는 넋들

돌아온 적 있었을까

나비가 넌짓넌짓 날갯짓 할 때마다

몸 밖으로 밀어낸 그림자도 환해진 길

오늘은 당신과 서로

마주해도 좋으리

—「산전, 꽃 진 자리」 부분

　시인은 자연에서 역사를 본다. 시인은 자연에서 사자死者를 본다. 시인은 자연에서 "넋들"의 해방과 해탈을 본다. 위의 시에서 "때죽꽃" "흩뿌려지는" 현재는 "숲길로 떠나는 넋들"의 흔적을 암시적·상징적으로 환기하고, "넌짓넌짓 날갯짓"하는 "나비"는 억압과 고통에서 스스로를 해방시킨 영혼들의 해방/해탈을 보여준다. 이러한 일련의 영혼의 통과제의에 시인은 "오늘은 당신과 서로/마주해도 좋으리"라며 적극적으로 조응하고 있다.

　빼어난 단편서사시의 수법으로 "함박이굴 이씨 집안 막내"의 4·3에 대한 회한을 서술한 「불망기」와 함께, 이 시집에서 가장 고통스럽게 베트남전쟁 당시 한국군의 학살을 피해자의 육성을 통해 '고백'하고 있는 「오늘, 없는 사람」은 내 생각에 베트남전쟁을 소재로 한 한국시 가운데 가장 높은 성취를 보인 작품 중 하나가 아닌가 싶다.

학살은 끝났지만 불타 버린 마을 어디에도 살 곳은 찾지 못했어요 더부살이 떠났지요 동생과 저를 데리고 간 다낭 먼먼 친척 집도 먹을 죽이나 발 뻗어 누울 여유조차 없었어요 엄마는 구걸이라도 다니기로 했어요 잘린 발 두 다리로 동냥을 나섰지만 베트남 사람들은 누구나 가난했어요 결국은 내 형제와 두 다리를 빼앗아 간 그들 앞에서 구걸을 할 수밖에 없었어요 엄마는 동냥 나가며 두 개의 주머니를 찼지요 베트남 사람들이나 미군들이 건넨 돈은 한 주머니에 분간 없이 아무렇게나 넣었지만 꼭 한국군에게 한두 푼 얻은 돈은 다른 주머니에 넣었어요 집으로 돌아온 뒤 우리를 불러 앉힌 엄마는 한국군에게 동냥한 주머니에서 꺼낸 돈을 인두로 한 장 한 장씩 빳빳하게 다렸지요

그다음 한 장 한 장 또 돈을 세었지요

다섯 살 우리 딸 씨, 열 살 우리 아들 편, 우리 마을 티엔, 떰, 러이, 미엔, 어이, 꾸아, 웅옥, 따이, 하인… 이것은 그들 모두의 목숨값

인생은 동냥해서라도
살아내는 것, 명심해라 가르치셨지요

노잣돈, 태워 주지 못하고
이승 자식 밥알 삼았지요

—「오늘, 없는 사람」 전문

베트남전쟁에 참전한 한국군은 베트남 민중의 기억 속에 여러 상흔을 남겼다. 이 시집에 수록된 「도안웅이아」의 경우, 빈호아 마을에서 벌어진 한국군에 의한 민간인 학살에서 살아남은 생존자의 목소리를 빌려 전쟁의 상흔을 말하고 있다.

위의 「오늘, 없는 사람」은 전쟁 과정에서 한국군에 의해 학살당한 마을에서 극적으로 살아남은 가족들이 생존을 위해, 가해자인 미군과 한국군에게 동냥을 하는 비극적 상황을 배경으로 하고 있다. "인생은 동냥해서라도/살아내는 것"이라는 "엄마"의 말은 "눈물은 내려가고 숟가락은 올라간다"는 현기영의 『지상에 숟가락 하나』

에서 그려진 강인한 민중적 생명력과 공통된다.

이 시가 말할 수 없는 감동으로 다가오는 것은 강인한 베트남 민중들의 생명력과 함께 전쟁에서 비롯된 비극을 결코 잊어서도 안 되고, 잊을 수 없다는 하루하루의 다짐과도 같은 장면을 차분하게, 그러면서도 서사적인 묘사를 통해 '비판적 거리'를 확보하고 있기 때문이다. "엄마는 한국군에게 동냥한 주머니에서 꺼낸 돈을 인두로 한 장 한 장씩 빳빳하게 다렸지요"에서의 다림질은 실제로는 마음을 다림질하고 있는 것이다. 비극적 상흔에 함몰되는 것이 아니라, 그것을 망각하지 않기 위해, 자식 앞에서 마음을 벼리는 이 엄마의 행위는 인간적이며, 그렇기에 매우 위대한 견인주의다. 또 돈을 세면서 "다섯 살 우리 딸 씨, 열 살 우리 아들 펀, 우리 마을 티엔, 떰, 러이, 미엔, 어이, 꾸아, 응옥, 따이, 하인… 이것은 그들 모두의 목숨값"이라고 표현하는 부분에서는, 학살의 비극에 대해서 굳이 디테일한 묘사와 재현을 하지 않는다고 하더라도, 그것이 얼마나 끔찍한 상황이었는지를 독자로 하여금 적극적으로 감정이입하게 만든다.

생각해 보면, 4·3 제주민중항쟁 과정에서 희생당한 "넋들"에 대한 시인의 영매와도 같은 시작 행위와 베트남 민중들에 대한 시인의 관심은 폭력의 인간적 극

복과 증언이라는 점에서 상통하는 것이다. 이 절의 도
입부에서 홍경희의 시가 타자와의 영적 교통의 역사
적 성격이라고 말했던 것은 바로 이 때문이었다.

4.

　홍경희의 시는 매우 절제된 서정적 어조로 '나'로부
터 '세계'에 이르는 고통과 폭력의 기억에 대해서 조명
한다. 이 과정에서 자연은 역사화되고 인간은 자연화
되며, 생자와 사자의 영적 교통이 활발해지면서, 역사
적 지평과 초역사적 지평을 융합시키고 습합시키는
마술적인 풍경을 곧잘 우리에게 보여 준다.
　그의 시집을 읽으면서 나는 자주 시인이 타계他界의
목소리를 듣고, 말하고, 중계하는 영매와 같은 기능을
하고 있는 것은 아닌가 하는 생각을 하곤 했다. 그의
시는 노래이되, 인간과 자연, 역사에 깃들어 있는 성
스러운 영혼spirit과의 만남을 노래한다는 점에서, 영가
spirituals에 가까운 마술적 매력을 갖고 있다.
　아마도 이것은 시인 개인의 시작 행위의 고유성에
해당되는 것이기도 하겠지만, 제주라는 역사·문화공
동체 안에서 의식적·무의식적으로 전승되고 습합되고
체화된 전통과 미의식의 끈질긴 영향력을 보여 주기

도 하는 것일 터이다. 울림이 내밀하고 큰 시집이다.

봄날이 어랑어랑 오기는 하나요

2020년 12월 24일 1판 1쇄 펴냄

지은이	홍경희
펴낸이	김성규
책임편집	김은경 미순 조혜주
디자인	김동선
펴낸곳	걷는사람
주소	서울 마포구 월드컵로16길 51 서교자이빌 304호
전화	02 323 2602
팩스	02 323 2603
등록	2016년 11월 18일 제25100-2016-000083호

ISBN 979-11-91262-06-3 04810
ISBN 979-11-89128-01-2 (세트)

* 이 책은 제주특별자치도, 제주문화예술재단의 2020년도 문화예술지원사업의 후원을 받
  아 발간되었습니다.
* 이 책 내용의 전부 또는 일부를 재사용하려면 반드시 지은이와 출판사의 동의를
  얻어야 합니다.
* 잘못된 책은 교환해 드립니다.
* 이 책의 국립중앙도서관 출판시도서목록(CIP)은 서지정보유통지원시스템 홈페이지
  (http://www.seoji.nl.go.kr)와 국가자료공동목록시스템(http://www.nl.go.kr/kolisnet)에서
  이용할 수 있습니다. (CIP제어번호:2020052147)